문학과지성 시인선 **450**

마치

이수명 시집

문학과지성사

문학과지성사에서 펴낸 이수명의 시집

고양이 비디오를 보는 고양이(2004)
언제나 너무 많은 비들(2011)
왜가리는 왜가리놀이를 한다(개정판, 2015)
물류창고(2018)
도시가스(2022)

문학과지성 시인선 450

마치

초판 1쇄 발행 2014년 4월 30일
초판 6쇄 발행 2024년 2월 23일

지 은 이 이수명
펴 낸 이 이광호
펴 낸 곳 ㈜문학과지성사

등록번호 제1993-000098호
주   소 04034 서울 마포구 잔다리로7길 18(서교동 377-20)
전   화 02)338-7224
팩   스 02)323-4180(편집) 02)338-7221(영업)
전자우편 moonji@moonji.com
홈페이지 www.moonji.com

ISBN 978-89-320-2620-6 03810

문학과지성 시인선 450

마치

이수명

2014

시인의 말

3월, 행진, 망치,

그리고
Als Ob

2014년 4월
이수명

마치

차례

시인의 말

1부

3부

1부

시멘트 야채 종이 같은 것들

한 사나이가 들판을 달리고 들판을 달리는 사나이가 들판이 꺼진다. 사나이에게로 꺼진 들판이 없는 사나이가 달린다. 시멘트 야채 종이 같은 것들이 고온다습해서 그는 무턱대고 배추를 뽑는다. 배추를 들고 걸어가는 사나이가 들판이 뚫려 있다.

들판을 빠져나가는 쥐들이 빠져나가기에 들판이 불편하다.

한 사나이가 들판을 달리고 들판이 뚜껑이 없어서 들판의 시대는 사나이를 닫는다. 들판을 닫는다. 들판을 달리고 있는 사나이가 들판을 끌고 온다. 들판은 늘어나는 사용이다. 사나이는 사나이에게로 밀려난다. 시멘트 야채 종이 같은 것들을 끄집어낸다.

털실 따라 하기

이 털실은 부드럽다. 이 폭설은 따뜻하다. 이 털실은 누가 던졌기에 아무도 사용하지 않습니다. 이 털실로 뭐 할까 물고기는 물고기를 멈추지 않고 돌아다닙니다. 끌고 가고 끌려가고 이 털실은 돌아다닙니다. 앞으로 갔다가 뒤로 갑니다. 이 선반 위에는 아무것도 올려놓지 않습니다. 이 폭설은 소원을 이룬다. 폭설 속에는 아무것도 없다. 털실 안에는 아무것도 들어 있지 않다. 털실은 앞으로 갔다가 뒤로 갑니다. 아무 형체도 짓지 않습니다. 이 털실은 집어 올릴 수 없습니다. 이 볕은 풀린다. 이 털실은 풀린다. 끝없이 풀리기만 한다. 이 털실은 화해하지 않는다. 그 속으로 들어가지는 않고 털실 뭉치를 달고 다닌다.

4차선 도로

4차선 도로는 전염병처럼 번진다. 눈앞에서 번진다. 햇살을 받아 내내 번들거린다. 4차선 도로에는 짧은 바지를 입은 사람들이 있고 팻말을 세우는 사람 팻말과 얼어붙은 사람 다리 사이로 타르가 흘러내린다. 4차선 도로는 뻗어 나가고 먼저 가 했던 것 같고 가지 마 했던 것 같고

도로가 완전히 퍼져 나가면 도로를 막고 서 있으럼

4차선 도로에는 지붕 달린 차들이 달리고 간혹 지붕이 떨어져 내리고 지붕을 주우러 들어갔다가 지붕을 버리라 4차선 도로는 무슨 도가니에 빠져 있다. 동서로 미친 듯이 가보려 한다. 동서인 채로 가만있으려 한다. 흥분하여 굳어 있다. 4차선 도로에는 휘발유 냄새가 가득하다. 이대로 통째로 증발해버리럼

실려 있는 것들을 지상의 모든 운반을
내려놓으려 하고

이유가 무엇입니까

　이유가 무엇입니까, 구겨진 신발 속으로 들어가다 말고 원인들은 무사히 지냅니까, 시체들이 바스락대는 날들입니다. 뼈가 어긋나고 더 멀리 방사상으로 팔을 벌린다. 싹이 나는 것은 쓸쓸한 일이다. 무엇 하나 뱉어내지 못하고 한꺼번에 삼켰거든요. 오늘은 정말 아무것도 삼키고 싶지 않았다. 오늘은 패잔, 조심성 없이 이유가 모여 있습니까, 내 생각을 물을 때마다 내 생각이 가능해질 것이다. 가능이 모여 신음할 것이다. 마침내 얼굴을 뒤덮어버리는 똑같은 입김

누가 잠시

잠에서 천천히 깨어났다. 울면서 깨어났다. 잠의 안에서 밖으로 영문 모르는 눈물이 흘렀다. 어깨가 흩어져 있다. 누가 울고 있었던 걸까 누가 잠시 숨어 있었나 내가 소녀일 때도 있고 아침이 뚫려 있을 때도 있다. 아침이 나타날 때 아침을 다오. 잘 알려진 의상들이 변함없이 성립되었고 계속해서 너의 의상이되고 싶어. 미래는 최초에 지나갔기에 우리는 미래를계속해서 사용했다. 비치볼을 던지며 소녀들은 되풀이되고 누가 잠시 숨어 있었나 누가 울고 있었던 걸까 텅 비어 있는 너의 비치볼이 되고 싶어. 오늘은 잠을 잃었다. 나는 어디에나 잘 들어맞았다.

대부분의 그는

대부분의 그는 음영이 없다. 당분간 그를 세워두는 게 좋겠다. 그를 거리에 한 줄로 늘어뜨려놓는 게 좋겠다.

대부분의 그는 다른 사람에게 밀려 들어간다. 들어가서 휘어진다. 대부분의 그는 아무 생각 없이 제 목을 자른다. 그는 우두커니 바닥나 있다.

자신도 모르게 손을 들고 대부분의 그는 자신을 잊어버린다. 잊어버리고 손을 들고 있다. 이제 그는 나을 것이다. 손이 굳어질 것이다. 범죄를 저지를 것이다.

그는 한꺼번에 발견된다. 위치를 표시하기 위해
그는 아랑곳하지 않는다. 입천장을 두드려본다. 키득거리는 소리가 한데 뒤얽힌다.

대부분의 이동하는 그는 이동을 주장하지 않는다. 이동하는 그는 이동이 식어 있다. 그는 땅속에 묻혀

있는 것인가. 대부분의 그는 대부분의 그에 지나지
않아서 대부분 부서진 한복판에서

잊어버린 것을 잊어버리려고 그는 서 있다.

체조하는 사람

나에게 체조가 있다. 나를 외우는 체조가 있다. 나
는 체조와 와야만 한다.

땅을 파고 체조가 서 있다. 마른 풀을 헤치고 다른
풀을 따라 웃는다. 사투리가 한꺼번에 쏟아져 나온
다. 대기의 층과 층 사이에 체조가 서 있다.

나는 체조를 따라 자꾸
미끄러지는 것일까

나는 체조를 떠나지 않고
나는 구령이 터져 나온다.

체조는 심심하다. 체조가 나에게 휘어져 들어올 때
나는 체조를 이긴다. 체조는 나를 이긴다.

아래층과 위층이 동시에 떨어져 나간다. 나는 참
시끄럽다. 내가 체조를 감추든가 체조가 나를 감추든

가 해야 했다.

그렇게 한 번에 화석화된 광학이 있다. 거기, 체조
하는 사람은 등장하지 않는다.

체조는 나에게 없는 대기를 가리켜 보인다.

무너지느라고 체조가 서 있다.

우리는 조용히 생각한다

부러진 나뭇가지가 좋아

부러져 기어 다니는 나뭇가지들이 좋아
기어 다니다가 다시 나뭇가지가 되지 못하는 것이
좋아
우리는 오늘의 방향을 줄이면서

방향이 고여드는 식탁을 차린다.
식탁 위에 일제히 펼쳐 놓은 손가락들과 일제히 자
라나는 눈썹들
멀리 가지 못하고
제자리에서 저절로 뭉그러지는 손가락들이 좋아

별명을 사용하고 마찰을 빚을 것이다.
너는 손을 대는가
너의 식사가 사라지는 곳으로
지금 가라앉는 사이렌 소리는 오래전에 가라앉은
것이다.

우리는 조용히 생각한다.
생각이 사라지는 곳으로
월요일과 금요일들
형태로 남는 것들을 위하여
커다란 인사를 한 줄에 꿰어본다.

어떤 형태로 식어가는 것들을 위하여

어디선가 나타나 식탁 위를 함부로 기어 다니는 나
뭇가지들이 좋아
금방 지치고 땀을 흘리는 짧은 뺨이 좋아
뺨이 되기도 전에
일그러지는 우리의 믿음이 좋아

우리는 믿음 위에 우선 눕는다.

나무에 올라갔는데

나무에 올라갔는데 혼자 몰래 올라갔는데 내가 올라가자마자 나무는 구불구불 휘어지기 시작한다.

어떻게 낭떠러지를 만드는 거니?
낭떠러지는 한 번에 만들어지고 한 번에 다다를 수 있어 너를 낭떠러지라 부를게

너는 나무를 유지하고 너는 하늘을 어루만지고 있구나 하늘을 고정시키는 법을 알고 싶었다.

이를테면 눈을 감고 뼈로 돌아오는 법

나는 자꾸 손을 뻗게 된다. 나무 위에서 나무를 상상하게 된다. 다시금 조용해 보이는 곳을 선택한 것인데 한숨을 내쉬고 늦은 오후를 보내려 한 것인데

오후는 가지 않고 어쩌면
나무는 오래전에 떠내려가버린 건지도 몰랐다.

발코니에서는 괜찮아

발코니에서는 괜찮아 집이 흔들려도 괜찮아 흔들릴 때마다 괜찮아 발코니에 서면 건축을 잃어버린다. 건축이 없어서 발코니에서는

잠을 잘 수 있다. 발코니에서 겹쳐지는 잠은 인기 척이 없다. 몸이 잠을 휘감고 한없이 부풀어가고 몸 으로 태어나고 싶어

나는 아무것도 일깨우지 않는다. 고개를 저을까 마음이 아플까 돌처럼 빈 들판에 박혀 있어서 꽃들은 몸을 보인다.

욕이 흘러나온다. 발코니에서 뛰어내려도 괜찮아 두 발을 동시에 들고 조금만 더 동시에 태어나는 거 야 여기와 거기로 동시에 뛰어내리는 거야

바람은 얼마나 단단한가 새들이 날아가 부딪친 바 람은 얼마나 부드러운가 새들을 떨어뜨리는 바람은 얼마나 안전한가

발코니에서는 괜찮아 한 걸음 더 나아가도 괜찮아 어디선가 사람들이 기우뚱 기울어진다. 나는 어느 모 를 곳을 향해 한사코 기울어진다. 건축이 재빨리 지 나간 뒤

이 건물에 대하여

건물을 올려다본다. 건물을 드나드는 것은 이상한 일이다. 건물 안에 서 있거나

앉아 있는 것은 이상한 일이다.

공란이 많아서 울고 싶었다.

등 뒤를 떨어뜨린다.

건물은 무턱대고 치솟는다. 손가락을 모두 열어본다. 층과 층은 명랑하다. 이쪽에서 저쪽까지 건물이 완전히 펴지는 순간

너는 건물을 버려라
공중으로 건물을 들어 올리지 말고

건물을 올려다본다. 건물을 오르내리는 것은 이상한 일이다. 안에서 밖으로 추락하는 것은 이상한 일

이다.

공란이 걷기 시작한다.

팔을 들고

팔을 들고 풀이 죽어
너는 서 있다. 팔을 들고 석탄을 끌면 좋을 텐데
비슷한 것들을 비슷한 통에 담고
비슷한 팔
누구의 것인지 알 수 없는 팔들과 뒤섞이고
위험이 닥쳐오고
위험은 너를 펼치는 새로운 단위가 된다.
새로운 단위 새로운 헝겊
새로운 눈금과 눈금
사이에서 비슷한 눈금을 가리키고
누구의 팔과 화해를 한 것 같은 기분이 들고
그의 팔을 끼고
팔은 언제라도 끝나면 좋을 텐데 이토록 불친절한
머리카락이 고여 있는

석탄을 씹는다. 입안 가득한 석탄을 소리치면 좋을
텐데
석탄이 아주 많아서

문득 대답의 발전이 이루어지는 것이다.
팔을 들고 너는 너의
스쳐 가는 또 다른 팔을 발견하기로 한다.
네가 굳어지기 전에 흘러나오는 팔
너는 불현듯 굳어지려고 하는 것이어서
숏구치는 팔을 들고
이 끝없는 불확실을 끝없이 늘려가고
불확실과 한편이 되고
무엇을 향한 것인지 도대체 알 수 없는 시위를 하고
팔을 들고
문득 이파리, 이파리들을 가지려 하는 나무처럼

누워 있는 사람

누워 있는 사람은 풀밭을 열고 눕는다.
풀은 오늘 부드러운 차양

땅을 온통 감고 기어가는 풀들도 있지

가장 높은 곳에서 태양은 갈가리 찢긴다.
태양을 어디에 두어야 하나

어디에 두어야 할지 모를 때
눈물은 밖으로 떨어진다.

누워 있는 사람은 감정에서 떨어져
감정이 되려는 사람
감정과 교대하는 사람
육체보다 길어진 사람

모든 발목이 흩어진 사람
모든 도약이 사라진 풀밭

모든 풀이 짧게 잘려 나간

입을 막고
지구처럼 생긴 아주 둥근 말을 해본다.

등이 굽은 사람들이 지나간다.

나는 연결된다

나는 연결된다. 화요일이고

탁자와 의자와 소파와
소파 위의 쿠션으로 연결된다.
나는 과언이다. 기다란 벽장으로
선반과 거울로 합쳐진다.

흠집을 내고
문이 열리고 닫히고
문을 도려내고 화요일이고

블라인드 사이로 불현듯 한 다발의 신이 시든다.
시들면서 터져 나올 것 같다.

나는 채워진다. 화요일을 따르고

여러 벌의 옷을 따른다.
여러 벌의 옷 속에 여러 개의 물건들을 가지고 다

닌다.

나는 풀을 짓씹는다. 풀과 함께 여름을 보낸다.
나는 풀과 일치한다.

화요일과 질식한다.

화요일과 창궐한다.
벽에 대고
윙윙거리는 마음을 박고 있다. 마음이
터져 나올 것 같다.

내가 제일 좋아하는 창문은 이렇게 높다.
몸을 돌리지 않고
발뒤꿈치를 들고

나는 바깥을 내다본다.

툰드라

무슨 생각을 하고 있기에 생각이 방을 가로질러 가
기에
똑같은 벽이 나타나는 걸까

방바닥을 돌아다닌다.
방은 몇 번이고 잘못이 된다.

무슨 상점이 들어섰기에

나를 아랑곳하지 않는 점원들과 내가 아랑곳하지
않는 점원들이
점원들로 이어져 있고

이 구석 저 구석을 돌며
툰드라여

점원들은 모였다 흩어지고 흩어졌다
모이고

점원들은 동선이 없고

서 있는 발목들은 다 담을 수 없고
떨어지는 곳마다 발목들은 차례로 살아날 것만 같
았다.

여기서는 눈을 깜빡이지 않을 거야

이제 나의 차례가 올 거다.
두 손을 모으고 나면 모든 차례들이 차이가 없어지
고 나는
앞뒤가 없는 잉어들이 될 거다.

앞뒤가 구별되지 않을 거다.
무슨 한 바퀴를 돌고 있기에

그대로

알려지지 않은 마을이었다.
나는 너에게
너는 나에게
자라나서
한 번도 알려지지 않을 거다.

마을의 입구에는 마을 사람들이 가득했다.
사람들이 전단지를 나누어 준다.
이 손에서 저 손으로

전단지들이 흘러 다닌다. 흘러 다니다가 아무 데나
붙어버린다.
비가 올거다.
비를 뒤집어쓰고
전단지들이 죽을 거다.

전단지를 읽는다.

아무 데서나 내려오는 비를
아무도 가져가지 않는 전단지를 가져가지 않고

아무 데서나 새는 비를

그대로
맞고 서 있다가

다시 마을에 쪼그리고 앉는다.
마을은 알기 어려웠다.

이 트럭

트럭들이 지나간다. 매일 지나간다. 이 트럭은 지
나간다. 빵이 익거나
　빵이 상하는 동안

　트럭을 따라가면 좋겠어 트럭에 길게 매달려 트럭
이 되어

　가다가 트럭을 놓치고

　번들거리는 길에 문득 서 있으면 좋겠어 눈이 부
시고
　아무것도 기억나지 않아 지루한 머리를 들고 있
을 때

　어디로 가는 거죠

　누군가 이렇게 인사를 해도 나는 그를 모르고
　그에게 나를 주고 오면 좋겠어

트럭으로 뛰어드는 것들

트럭을 매만지며
숨도 쉬지 않고 생겨나는 보푸라기들

어디로 가는 거죠

이 트럭은 돌진한다.

옆으로 자꾸만 비켜서며
가로수는 깨지지 않는다.

벼랑

벼랑이다.

낮은 벼랑 높은 벼랑이다.
벼랑을 타고

흘러내리는 도랑이다. 도랑 속에 박히는 거다. 거꾸로 박히는 것들이 다 박힐 수 없어서 또한 박히게 되는 도랑이다.

냅킨으로 닦는다. 냅킨을
뭉쳐본다.

도랑이 반(反)도랑을 한다. 도랑을 하다가 반도랑이다. 너는 망가진 내장이다. 이 사람은 폐색이다. 눈을 뜨고 한꺼번에 폐색시키는 훈련이다.

사람 속에 묻혀 있는 뼈들이 끊어질 듯 하얗다. 이 사람은 하얗게 상륙하는 밤이 있고

이 사람은 쓰러지면서
함부로 식별한 피

내내 벼랑을 타고 오르는 피가 있다.

가게를 한다. 가게를 더 이상 할 수 없는 거다. 이
것을 내리고 저것을 떨어뜨리고 높이 올려 있는 물건
들이 한꺼번에 폐색이다. 물건에서 물건으로 폐색시
키는 훈련들 동시에 얼어붙은

벼랑이다.

이 사람은 돌지 않는 피다.

천체는 쉬웠다.
똑같은 날들을 오늘도 바닥에 턴다.

고래고래 누군가 소리를 지르고 있다.

시소의 시선

다시 시소가 움직이는 것이 보인다. 다시 시소가 난데없이 놓여 있다.

다시 여기가 저기에 닿는다.

머리 위로 숨을 쉬어봐 목숨을 잃고 걸어봐

어떤 낮잠은 숨기고

어떤 낮잠은 가만히 만지작거려본다.

우리는 잠으로 하얗게 이어져 우리를 그만두는 사람들

우리에게서 멀리 떨어져 숨 쉰다.

빛과 소리를 알지 못하게 될 때까지 시소와 헤어질 것이다. 내가 알지 못하는 것이

다가온다. 다가오지 못하는 것이 온다.

바깥에 섰을 때 바깥은 단칼에 베어진다.

바깥을 모두 잃었다.

다시 여기로 떨어져 내리는 중이다. 다시 여기저기 메마른 입이 있다.

지나가는 숨을 쉬어봐 숨 쉴 필요가 없는 곳이기에

우리의 시소가 놓여 있기에

우리는 난데없이 놓여 있다.

아주 천천히 움직이는 시소여서 나는 사이좋게 깨
어진다.

사방으로 피부가 도착할 것이다.

사방으로 피부가 확고해질 것이다.

숨을 쉬어봐 숨을 잃고 양쪽으로 동시에 기울어봐

분별을 모두 잃었다. 다시 시소는

시선이 없다.

2부

여러 차례

여러 차례 나는 잠에서 깨어났다. 여러 차례 지리학이 잘려 나갔다. 너의 처소에서 두 손이 구워지지 않았다. 여러 차례 계단 위에 말다툼을 세워 놓았다. 말다툼을 다 돌볼 수가 없었다. 환호가 일었고 우리는 티셔츠를 나누어 입었다. 티셔츠는 계속 높이 떠 있었다. 티셔츠가 동시에 부풀어 오를 때 어디로부터 야외는 실려 오고 실려 가는 것일까. 야외가 종일 세워져 있어서 우리가 세워져 있다면 야외에서 홀로 눈을 뜨고 싶어. 나는 홀로 당도한 인사처럼 공평하게 혼자에 참여했다. 혼자 여기저기 모여 있었다. 여러 차례 또 그렇게 나는 옳은 것처럼 보였다.

운동장

운동장에 서 있었지. 너는 운동을 권유하는구나. 운동이 퍼져가는 운동장을 본다. 준비 운동을 하는 사람들이 팔을 돌리고 목을 돌린다. 공기를 삼키는 순서가 있어서 운동들이 참 많이 줄지어 있다. 동그란 기구를 돌리고 싶어 기구가 생겨나고 기구를 따라 나의 뼈가 텅 비어 있다. 얼굴을 들 수가 없구나. 운동을 쫓아갈 수 없는 운동장에서는 나는 계속 같은 발걸음을 떼어도 좋다. 걸음에 부딪혀 넘어지면 운동이 또다시 찾아온다. 나는 드디어 운동에 일치하고 있구나. 하나의 운동을 가지면 침수된 자는 떠오를 것인가. 어떤 자는 침수된 채 떠오를 것인가. 운동장에 서 있었지. 나는 지금 내가 알지 못하는 운동이 되어 지나가나 보다.

소수의 사람들

앞으로 세고
뒤로 세어본다.

소수점을 어디에 찍어야 하나
사람들에게 소수점이 보이지 않는다.

행방을 흔들어본다.

소수의 사람들은
발뒤꿈치를 들고

발레를 치료했을지도 모른다.

손에 들고 있던 점들이
빠르게 교차했을지도 모른다.

좌판

좌판
조그만 어느 좌판
좌판은 나를 악화시킨다.

내가 좌판을 범하기 전에 좌판은 나를 악화시킨다.
좌판은 어떠한 자리도 가지고 있지 않은 좌판이 적당
하다.

암흑을 벌이고 있는 좌판
암흑이여 이리로 오렴

어떠한 무리도 거느리지 않은 폭풍이어서 서 있는
폭풍이어서 야경은 고스란히 안전하다.

폭풍은 폭풍을 쓸어갈 뿐이다.

텅 빈 폭풍을
나는 무사히 빠져나간다.

나는 무사히 둔화된다.
몸을 숙이고 더 숙이고 어느 철봉 아래로

나는 내가 자꾸 굴러떨어지는 좌판을 가리킨다.

나를 돌려보내는 자가 적당하다. 내가 알아볼 수
없는 좌판의 간격이 적당하다. 좌판에 이르기 전에
이르는 좌판의 불균형이 적당하다.

머리 위에서 전광판이 한꺼번에
전파를 찾아내고 있다.

천천히

나는 천천히 서 있다.
수평을 이해하기 위하여 천천히
오늘 걸쳐 입은 자세가 천천히 오염되고 있어서
칸나의 배치는 날카롭다.
나는 홀로 팔짱 낀 사람
나에게 잘 들어맞는다면
눅눅해진 무기끼리 불러내고 있다면
나는 오늘 무기의 처방이 된다.
어딘가에 합쳐지기 위하여 더 이상 멀리 가지 않
는다.

나는 반대편에 서 있다.
반대편에 혼자 많지 않다.
천천히 물결치는 물을 한참을 두고 바라본다.
물결칠 때 물은 발생하지 않는다.
발생하지 않는 공간에 매 순간 다다르며 혼자 걸어
간다.
이 지상에서 나는 아마 낱낱이 굵어진다.

천천히 행동이 사라진다.
나는 가끔 움직이지 않는 구름을 본다.
흘러내리는 벽돌들을 바라본다.
그것은 무언가 멈추고 있는 것이다.
나는 멈추고 나의 수직이 서 있는 것이다.
수평을 하나씩 쪼개며 천천히
나는 천천히 걸어가고 있다.
지금 인간의 착지를 지니고 있는 듯이

맨 위로 올라가

물에 떠내려가는
떠내려가는
나무토막

감염된
나무토막

물에 떠내려가려는 것을 나무토막이라고 부른다.
차가운 부피가 계속되는 것을 나무토막이라고 부른
다. 몸을 끌고 흩어질 수 있는 기회를 찾아다니는 모
든 통로를 지나가는

나무토막들 한 개 두 개 열 개
나무토막들은 깨어나지 않는다.

나무토막들은 식물의 피부를 가지려 한다. 동네를
한 바퀴 돌고 식물을 닮으려 한다. 물속에서 번들거
리는 광물의 피부를 베끼려 한다. 이 세계의 광물을

조절하려 한다. 야외를 따라

수면을 따라

깨어나지 않는다. 표면에서
나무토막들은 익사한다.
표면으로 익사한다.

나무토막을 붙잡고

달라붙는 것들 떠오르는 것들
다 풀려버린 것들이

공통되는 중이다.
수면과 구분되지 않는 중이다.

구분되지 않는 형체로 맴돌자
여기에도 있고 저기에도 있자

머리칼이 온몸에 붙으면 맨 위로 올라가

반짝거리자

나를 나른다

나를 나른다. 잠시 여기로 나른다. 여기를 보여라.
내가 여기로 들어서도 여기는 나에게 오지 않는다.
여기가 나에게 온다면 나는 비로소 여기와 어깨를 맞
대고 어깨들은 사라질 텐데 여기에 이어질 텐데 여기
는 거기에 있고 여기는 저기에 있다. 여기는 여기저
기에 있다. 여기저기에 붙었다가 떨어져 나간다. 나
는 부질없이 아침과 겨루고 저녁과 겨룬다. 나를 나
른다. 여기로 나른다. 나는 단 한 번 여기를 보여라.
나는 기어이 여기를 앞지르고 만다. 그러나 또다시
여기가 내 앞에 있다. 결코 여기에 온 적이 없는 어떤
것이

지면

새들은 언뜻 지면을 스쳐 간다.

뛰어내리기 놀이를 하고 있었는데
아무것도 부딪히지 않아서 창문이 흔들리지 않아서
의식이 돌아오지 않아서 흥얼거리고 돌아다녀서 모르
는 사람의 모르는 혀이기만 해서 느릿느릿
떨어지고 있었는데

나는 하나의 지면을 펼쳐 든다.

내가 부딪히기 전에 이토록
갑작스러운

지면에 당도하고 싶다.

지면을 뒤덮도록 머리를 길러야지 온갖 희열을 벗
어버리고 외투를 벗어버리고 오늘은 손가락이 있다고
말한다. 손가락으로 두드린다고 말한다. 손가락이 돈

아난다고

   지면이 명령을 내리고
   지면을 사정없이 찍어대는 사람들을 바라본다. 곡
괭이, 드릴, 불도저가 무조건 지면을 깨뜨리고 말지
어디에서나 연장일 것이며 연장을 빌려드립니다.

   숨을 고르게 펴고 처음 보는 카탈로그를 펴 들고

   나는 주문을 받고
돌아다닌다.

   누구의 등인가
구부러지며

   지면을 들여다보고 있었다.

인기척 안으로

인기척 안으로 들어가고 싶어 인기척을 불러본다.

인기척을 세워본다. 이것은 어떤 규칙인가 무너지
지 않는 흐느낌으로

분실물로

나의 오전이 가장 많은 것은 어두운 신체를 띤다.
나는 증가하는 균형이다. 균형은 어디에서 불면인가

인기척을 내미는 사람들이 지나간다.
인기척은 마주치고
엇갈리며 허공을 찌른다.

기회를 엿보고
누가 뛰어내리고 있어
뛰어내리는 무릎을 따라 무릎을 꺼낸다. 인기척이
그리워

사람이 나누어지는

무례를 다오

그렇게 두리번거리지 두리번거림에는 인기척이 없어 나는 인기척을 소란스럽게 만들어봅니다.

마치

내 마음이 죽은 잎들을 뒤집어쓰고
마치
죽은 잎들이 서 있다.
마치
꿈을 꾸고 있는 것 같구나 꿈속에서 처음 보는 접
시를 닦고 있구나 접시를 아무리 가지런히 놓아도
마치
죽은 잎들이 땅을 덮으리
죽은 잎들이 땅을 온통 덮으리
그러면 실시간
그러면 거리에는
마치
어디서부터 온 건지 알 수 없는 알록달록한 숄들이
늘어서고
숄을 걸친 어깨들이
마치
다른 요일로 건너가고 있구나
다른 입김을 내뿜으며 돌아다니고 있구나

마치

흘러넘치듯이

끝없이 부풀어 오르듯이

그러면 나는 마치 꿈꾸고 난 후처럼

하얀 양들을 보러 가요

양 떼들이 별안간 걸어 나오는 것을 보러 가요

마치

여기를 묻어버려요

여기가 떠내려가요

내 마음이 죽은 잎들을 뒤집어쓰고

죽은 잎들이 땅을 덮으리

죽은 잎들이 땅을 온통 덮으리

마치

꿈꾸고 난 후처럼

밤의 편대

밤을 돕는다.
밤사이
아무런 말도 듣지 못하고
쏟아지는 밤
흘러가는 밤
폐를 뚫고 나오는 밤
심부름을 갔다 오다가
심부름을 떨어뜨렸다.
상가의 입구에 외부인들이 흩어져 있었다.

한 남자가 한 여자를 한 여자가 한 남자를 다그치
고 있었다. 말해봐 말해봐 말해봐 얼굴을 일그러뜨리
며 말해봐

이 관계를 끝장낼 거야

밤을 돕는다.
빠져나가지 못하고 떠도는 밤

핼쑥한 밤
다가갈 수 없는 밤
시체 위에 누운 시체들
박자를 맞추어
가슴이 찢어졌다.

상치, 쑥갓, 깻잎, 미나리가 바구니에 담겨 있었다.
파란 것들이 파랗게 꼼짝 못하는 것들이 쓰러져 있었
다. 바구니 하나를 들었다가 내려놓았다.

조형적인 밤 조형적인 모퉁이
비틀거리며 지나가는 불빛들
짓다 만 건물들 지어지지 않는

건물들에서 울려 퍼지는 말해봐 말해봐 말해봐

쓸데없이 말해봐
돌이킬 수 없는 밤

밤은 모든 것을 밤으로 몰아넣고 있다.
밤은 밤으로 돌아가고
밤은 아직도 밤과 함께 가득 차 있다.

밤을 헤집으며 붉은 노끈들이 돌아다니고 있었다.
노끈에 묶인 보따리들이 검은 비닐봉지들이 돌아다니
고 있었다. 끝이 갈라지고 풀어지며 손들이 돌아다니
고 있었다. 밤 위에 눕지 못하고

아무도 밤 위에 눕지 못한다.
형체를 지니지 않는 밤
형체 없이 열려 있는

밤을 덮는다.
손을 내밀지만
붙잡을 수 없는 밤
오지 않고

중단되는 밤

어디선가 너무 작은 도마뱀들이 나타난다. 그리고
밤새

밤을 치운다.

박스를 덮고

종이 박스를 덮고 나는 잠이 들었다.
잠은 해롭고 잠 밑에서 해로워지리
나는 잠과 같아질 것이며

박스는 구겨져서 구겨짐이 좋았고
박스 속에서는 박스가 되어 구겨져도 좋았고
나의 이 걸어 다니는 버릇
버릇을 청하고 박스 아래서 버릇이 끝날 것을 생각
하고
박스에는 아무 말도 쓰여 있지 않았다.

박스를 덮고 이제 다 나을 것이다. 박스 아래서 부
서질 것이다.
출처를 알 수 없었던
내 발목은 더 이상 휘어지지 않았다.

머리 위로 수레 가득 박스를 실은 노인이 지나갈
텐데

노인 뒤로 박스가 무수히 떨어져 내릴 텐데

언제까지나

박스를 덮으면 박스는 나를 덮은 채로 그냥 있었다.
잠이 들면 잠이 사라져
잠보다 먼저 나는 사라져
박스는 사라진 자를 덮은 채로 있었다.

소년의 형태

소년이 바닥에 끌린다.

지나가는 사람들이 좋다.
담장 위로
아무 소식 없이
지나가는 사람들이 실제로 자주 바뀌는 게 좋다.

잇달아 게시물들이 붙는다.
잇달아 척추동물이 나타난다.
죽음을 극복한 어느 소년이 우리에게 우세해지도록
우리는 깔깔대며 단체복을 입는다.
단체복을 입으면

소년이 바닥에 끌린다.

다시 알아볼 수 있을 것이다.
우리가 몰라보던 것들을
어쩌면 알아볼 수 있을 것이다.

이리 와서 소년을 펼치자
소년을 강행하자

지붕에서 떨어질 때는 어김없이 둥근 소년의 머리
를 가진다.
다른 각도에서 마구 튀어나오는 주택들

주택의 어느 바닥에 소년이 잠겨 있다.
소년을 쉽게 고칠 수 있을 것이다. 그러나 소년이
바닥에 끌린다.

밀집 지역

이 지역에서 오래 살았나요? 누군가 물어볼 때가 있다. 누군가 물어보면 대답해야 한다.

나는 가버렸어요 지역을 벗어났어요

흘러 다니는 사람들은 다시 어느 지역으로 흘러 들어가는 것일까

다른 곳에는 다른 지역이 있다. 내가 원하는 곳으로 가지 않기를 바래요 사람들이 지역마다 간판을 세워 놓기에 나는 지역에 부딪힌다. 복구 중이라고 써 있는 지역이 있다.

알려지지 않은

긴 공사들을 쫓아

구부정하게 걸어간다. 여기서부터는 돌아가야지 나

는 말하고 있는데 음성이 없다. 도로가 밀집해 있고 도로들은 번호가 붙어 있다. 그 번호들을 몇 번인가 본 것 같다.

번호로 덮여 있다. 이 지역은 건물들은 상가 안의 물건들은 모두 번호를 달고 인접해 있다. 등에 번호를 달고 뛰는 사람들이 있다. 그것을 보며 포크를 찔러 넣는 사람들이 있다. 포크들이 밀집해 있다. 오늘 나는 이 지역에 비로소 밀집한다.

하지만 어떻게 들어설 수 있었는지

우리의 비례

마루를 펼쳐놓고 마루를 닦는다.
마루를 늘린다.

펼쳐져라 둥근 마루여
펼쳐져라 둥근 숨결이여
우리는 단지 마루를 따르는 즐거움
마루의 편이 되어

마루처럼 눕는다. 팔을 벌리고
마루처럼 공평해

우리는 지칠 줄 모르고
삐걱이는가
삐걱이며 마루를 달려가는가

나타나거라 웅덩이여
나타나거라 오랜 폐부여

한 뼘 한 뼘 그 위에
공정한 마루를 깔아줄 터이니

나타나거라 어느 꼬리에선가 빠져나온
알 수 없는 깃털들이여

우리는 단지 비례를 따르는 즐거움
우리를 조금만 내밀고 서서
'다 왔습니다.'

턱을 조금 높이 들고

우리는 아마도 입을 대지 않고 말하고 있다.

지내는 동안

오늘 하루 종일 서 있었어요
가로로
세로로
두 팔을 벌리고

악명을 얻었어요

비옷을 입을까
토마토를 절개해볼까

지나가는 사람들에게 인사를 해요
인사는 크기가 같은 도형들이어서
숫자들이 도움이 될 거라고 생각해요

두 팔을 벌리고 서슴없이 지나간
뱀으로 지내는 거예요 무성한 잡목 사이로
스러져버려

어디에도 키가 닿지 않아요

튜브에 바람을 가득 넣을까
아무도 없는 기후가 될까

아무도 없는데 나 혼자
가로가 되고
세로가 되고

사회 시간

우리는 사회생활이다. 마당에는 분수가 춤을 춘다.
우리는 서로 팔을 끌며 분수로 이끈다. 분수를 붙잡
고 분수를 마신다. 이를테면 우리는 공깃돌을 활성화
한다.

하나의 집합, 하나의 장면에 힘을 기울인다. 소독
약이 여기저기 놓여 있다. 핀셋을 들어 소문을 살린
다. 소문에 없는 활동을 한다.

우리는 빙 둘러앉는다. 오늘의 다양한 옷을 입고

어떤 천과 함께 오는 것이 좋기만 하고
천을 자르고
천이 막히고

우리가 알지 못하는 협동을 한다. 천은 독성이 없다.
독 없는 패거리
독 없는 손가락을 걸고 손가락을

일제히 풀고

독 없는 풀 위로 독수리가 날아다니는 우리의 도시 계획은 쓸쓸하다. 우리의 공익 근무는 쓸쓸하다.

우리는 생활 공동체를 등록한다. 우리는 특정 성분을 함유하지 않는다. 성분을 감행할 따름이다. 우리는 사회에 가서 좋아진다. 사회는 시간이 많다. 시간이 우리에게 내려앉는다.

시간이 우리를 가려줄 것이다.

세상의 모든 휴가

어느 날인가는 문득 사과를 하고
밖으로 나가 휴가를 시작하자
그때가 되면 대기는 다음 날도 그다음 날도 꼼짝을
않고
꼼짝 않고 바닥에 주차선을 그리는 사람들
그래, 바닥에는 아무 선도 그리지 말자

어느 날인가는 쉴 새 없이 창을 때리는 비가 오고
나 혼자 서둘러 놀라고
이윽고 거리가 떠들썩해지면
나 혼자 먹먹해질 것이다.

표정을 바꾸지 않고
딴 마음을 먹고
투명한 과자를 구우리
오리들이 드러나 있는
호수
까맣게 잊어버리리

예전과 다름없이 몇몇 이웃을 들락거리고
그들의 집 앞에 커다란 초인종을 만들어 달아 놓을
것이다.

보호할 수 없는 지상의 날들

날들 속으로 지금처럼 계속 걸어가는 것이다.

깃발을 펼치듯이
세상의 모든 휴가를 활짝 펴고

오늘은 내가 가장

물을 잠시 들여다보았는데 나는 물에 빠졌어요

손가락 끝으로 식물의 즙을 어루만져보던 생각이
났어요 물속에 잠겨

오래된 손을 물 밖으로 내밀었어요 수초를 내밀었
어요

이윽고 물 위에 반듯하게 떠 있을래요
오늘은 내가 가장 반듯해요

물에 누워

입김을 불어
연못을 던져볼래요

오늘은 내가 가장
일어서지 않아요

즐거운 높이

이렇게 지붕 꼭대기에 올라선다.

이렇게 지붕은 넓게 깔리고
지붕은 아무것이나 찬양하고
아무 지붕이나

날리고

지붕이 날아간다.

이유 없는 높이들이
높이뛰기를 하고 있다.

3부

기상캐스터

오늘 강풍을 동반한 비가 전국적으로 내리겠습니다. 이 주전자에서는 김이 나온다. 김을 손바닥으로 막아본다. 줄무늬를 그리며 흰나비들이 지나간다. 날아다니는 물 흩어지는 물 어떤 육지는 사라진다. 어떤 칼자국은 방향이 없다. 몹쓸 김은 하얀 체위다. 쓰다듬을 수 없는 체위가 있다. 그래도 쓰다듬어본다. 공중에다 부리는 입김 그것이 무엇인지 아주 나중에도 알지 못할 것이다. 새들은 깃털이 없고 사람들은 불완전하게 팔을 매달고 있다.

오늘은 참

오늘은 참 약속이 있다. 새 장갑을 끼고 이마를 짚어본다. 약속은 부끄럽다. 약속 옆에 누울 수가 없다. 이대로 식물군을 쏟아내는 식물과 함께 머무르고 싶다. 파란 물이 들 때까지 식물을 손으로 문지르고 싶다. 약속이 켜지면 아무 혀를 내밀어도 파랗다.

오늘은 참 성격이 없다. 오늘의 버릇이 없다. 무턱대고 유람선이 떠 있는 버릇을 갖고 싶다. 물보다 빨리 떠내려가는 유람선을 고백하고 싶다. 물이란 이미 폭파된 것이어서 그 속으로 들어갈 수가 없지 오늘 하루가 버릇이 되어서 그 속으로 들어갔으면

벽돌 쌓는 사람들

벽돌을 쌓는 사람들이 있다.

벽돌을 들고 있으면 벽돌은 부드럽고 벽돌은 예의
바르다.

벽돌은 이어 붙일 수 있어

하지만 어떻게 벽돌을 붙이는 걸까

벽돌공은 벽돌 위에 서 있지 벽돌보다 먼저 움직일
수 없는 사람들이 있다.

건물이 멎을 때

건물은 무슨 말인가를 하려 하지만

아무 말도 하지 않는 것이다.

몇 개의 블록을 지나야 하는 걸까

얼어버린 것들이 있다. 뒤바뀐 것들 서로 붙어버린
것들이 있다. 정확하게 들러붙어버린 것들 쪼그리고
앉아버린 나비가 있다.

건물에 이상한 푯말들이 붙어 있는데 이상한 푯말
들을 배울 수가 없다.

거주자들

거주를 화내면서
거주자들은 몰려 있다. 1단지 2단지

단지 속으로 단지 속으로
아이들이 울고 들어가고 단지가 쏟아져 있어서

단지가 아주 많아서
같은 단지에 살아요
아름마을 한솔마을 소슬마을
마을을 묶고 머리를 묶고 머리가 아팠다.

이상하게 생긴 볼펜들이 떨어져 있다. 글씨를 이름을 똑바로 쓰도록 권장되었던 교실에서 아주 멀리 떨어져 있다. 잉크는 아무 짓도 하지 않는 잉크가 되어 아무 볼펜도 일으켜 세우지 않는 잉크가 되어 아무 손도 더럽히지 않고 아무나 발로 차는 아무나 만드는 밤이다.

공기를 밀어내려는 듯이 양쪽으로 길게 단지들이 늘어섰다. 불시에 해가 저편에서 내려오면 단지를 밝히지 않아도 소식이 없다. 소식이 없으면 소식이 없다는 소식이 도착하고 소식이 퍼진다. 남자가 퍼지고 여자가 퍼지고 남자와 여자가 퍼진다. 회의를 하고 화를 내고 회의를 하면서 화를 내고

몰려 있고 몰려들고 다시 반을 나눈다. 1반 2반
같은 반이에요 1번지 2번지예요
같은 반이지만 같은 번지인지는 모르지만 같은 반이에요

거주자들은 하나의 거주지처럼 보인다.
아침의 일간지와 저녁의 일간지처럼 보인다.

아침 일간지가 저녁 일간지가 되고 아침 단지가 더 오래된 단지 속으로
들어가고 단지 너머로 새로운 단지들이

위풍당당하게 이상한 소리를 지르며 밀려온다. 거주자들은 계속해서 새 단지를 꺼내고 오랜 단지를 순찰하고 같은 마을을 돌고

모두 괜찮을 것이다.

그들의 거처를 알아내기가 어려울 것이다.

널빤지를 놓고 누운 사람이 있고 어떤 널빤지를 몸에 대고 있기에 널빤지는 표지가 되고 표본이 되고 표가 되어 시간표 번호표 이름표들이 돌아다니고

1단지 2단지 불어나는 단지에서 단지 사이로 벽 속에 묻은 파이프들이 불어나고
거주자들은 서둘러
번쩍이는 몸

거주자들은 흠이 없다. 거주의 멸시는 흠이 없다.

거주의 불편을 토로하면서 거주자들은 날마다 서로
시간을 맞춘다.

완전하게 어울린다.

공장의 결과

도시 한복판에 공장들이 있다.
공장이 사방으로 뻗어 있다.
공장에서 흘러나오는 것은 정각의 대패질

날벌레들이 가득한

공중을 찾아낼 것이다. 날벌레들을 찾아낼 것이다.

시간이 걸리지 않는다. 공장을 가동시키는 것은 정
말이지 우리를 사로잡는 일이다. 공장이 공중에서 돌
아가는 것은

몰려드는 물량을 만난 적이 있다. 어디서 왔는지
물량은 들어오지 못하고
물량은 어느 쪽에 서 있어야 하는지 알지 못하고

공장과 공장 사이에서 서로를 휘감았을 때
우리는 머리카락이 없었다.

그냥 그렇게 하자

공장 한복판에서 휙휙 날아다니다가 가라앉았다가
떠오르다가 톱밥이 되어 쌓이자 목구멍에 톱밥이 쌓
여 톱밥이 쌓이도록 어지러운 줄도 모르고 말끝을 흐
리자

공장의 결과 공장에 사로잡혀
어찌할 줄을 모르고

손발을 덮으며

새로운 주문이 쏟아질 것이다.

자정이 오고 있다

자정이 오고 있다. 자정이 지나간다.

한꺼번에 적출되어 떠 있는 건물들
건물들을 차례로 세어본다.
건물이다.

머리를 벗어놓고
오가는 동안
누구의 것인지 알 수 없는 외마디 소리가 흩어진다.

자정으로 이루어진 복도는 마주치지 않는다. 일정
한 방향으로 쓸모가 없다.
아무도 복도를 닫을 줄 모른다.

복도에는 일정한 간격을 두고 인질들이 서 있다.
인질들은 서로에게 배추를 던진다.
인질들은 두껍게 살이 쪄 있다.

배추는 미동도 없이 명랑하고
배추는 날아다니며 산산이 흩어진다.

자정이 지나갈 때
자정이 공통이 될 때
자정은 가장 맑다.
누구의 것인지 알 수 없는 이파리들이 사방에서 파
랗다.

도처에서

도처에서
너는 만들어진다.
당장 만들어진다.

도대체 너는 만들어진다.

부득이한 줄기

줄기로 자라나는 법을 시행해본다. 줄기로 빠져나
간다. 덤불을 허공에 던진다.

가축우리에 눕는다. 우리를 넓게 표시하고 들어가
도 좋다.
새로 지은 가축의 우리 같은 가축들 같은
오늘의 새로운 골격을 기웃거린다.
어떤 자세는 가축에 진입하는 데 성공한다.

너는 가축을 아물게 할 것이다.

부득이한 외출

너를 어디에 제출한 것이냐

도처에서
너는 몸을 일으킨 것이다.
몸을 따라잡은 것이다.

너는 대기의 근육과 평행하다. 도처에서
너는 비켜선다.

부득이한 실내

너는 단지 한 줄의 낮잠을 추가한다.

거의 사실적인

생기를 얻었다. 거리에서
거리는 저절로 튀어나와 있고
무작정 뛰어다니는 아이들
나를 넘어뜨리고

거의 합리적인 새는
텅 비어 있다.

거의 정면을 향한 듯한 나의 자세는
고스란히 공간적인 것이다.

잼을 가득 넣은 빵을 먹으며 난간 위에 앉아 저녁
을 보내곤 한다. 저녁을 들고 날아가거나 난간을 들
고 날아다니거나

어디론가 날아갔다가

들어오라

흰건반과 검은건반들이여
비어 있는 건반들이여
거의 위대한 안이함을 노래하자

건반들은 움직이고
음들은 사이가 나쁘다.
듣지 않고 대답하지 않고

어떻게 음들은 항상 되살아나는 걸까

거의 사실적인
명랑함들이 앞을 다투어 늘어나는 걸까

방명록

너는 열어보지 않는 잎이다. 날아다니는 잎 날리지 않는 잎 어느 유리창에 붙어 있는 잎 유리창이 이렇게 많다.

누르고 있는 것 이 거리에서는
너를 누르고 있는 것을 네가 누르느라 너는 거의 규칙적으로 걷는다.
머릿속이 텅 비어 있다.
머릿속을 맴도는 나비뼈
발걸음들이 서로를 쫓아낼 때 건물 끝에서 나비뼈

발견 발견
죽음의 치열같이 가지런한 검정이 발견된다. 검정은 서 있고 검정은 아무것도 들고 있지 않고
이 어둠 속에는 숨을 수가 없다.

이 세계가 등이 없어서 너의 울음소리가 들린다.
등 없는 밤

등 없는 운동장

등뼈 없는 골목에
우두커니 서 있다가

이 골목을 빠져나가기까지
이 골목을 뚫고 나간 울음은 무엇인가

홀로 세계의 표피를 찢는 것

네가 말할 때마다 어디선가 진흙을 끼얹는다.
진흙을 시도하는 자는
진흙이 사방에서 나타나는 것

사방에서 지연되는 것

대열

이 대열은 어디서 왔나 대열에 파묻히고 싶어

알 수 없는 행렬

스탠드에 몰려 있는 스탠드를 덮고 있는 행렬들 스
탠드를 흘러넘치는
행렬을 빠져나가는 행렬들

나는 사납게 달린다.
대열 속에서
대열을 모르는 채 달린다.
대열이 발생하는 장소이기에

순서를 기다려
사람들은 덤불을 찢어 입에 넣고
사람들은 키가 커지고

나는 전능한 수풀과 다툰다. 수풀은 평평하다. 수

풀은 흐트러져 있다. 수풀이 차지한다.

전시
수풀의 전시
늘어나는

대열이다.

구멍 난 나뭇잎들이 동시에
구멍을 움직이며

대열을 깨고 나서 대열을 따른다.

너의 모습

너의 모습을 보여줘

너는 웃는 모습이다. 웃을 작정이다. 너는 어디서
왔니

물어보아도 웃고
웃음을 어떻게 던지는 거지
불안이 시작될 때

불안은 너의 명랑
천장은 높고 천장에서 뛰어내리며 너는 웃는다. 아
무도 모르는 날들이 거기 있는 것 같다. 너는 날들을
퍼뜨린다.

높은 곳에서 낮은 곳으로 낮은 곳에서 높은 곳으로
벽을 따라다니며 나도 날들을 하고 있을게

모습들이여 단결하라

뛰어다니는 모습

아마도
지푸라기가 걸어오는 것처럼 보일거야
지푸라기가 울고 있는 것처럼 보일거야

오늘 내 모습이 좋다. 모습이 나와 함께 있어서
좋다.

너의 모습을 보여줘 너는
풍요합니다.

시는 멈추지 않는다

권 혁 웅

오랫동안 인간은 시간과 공간을 세상을 파악하는 두 축으로 삼아왔다. 나무에서 나무로 옮겨 다니며 살던 시절부터 공간 지각 능력은 생존과 직결되는 필수적인 요소였다. 나무에서 떨어지는 것은 그대로 죽음을 의미했기 때문이다. 나무에서 내려온 후에도 사냥감이나 적과의 거리를 측정하는 일은 반드시 필요했고, 그 때문에 '가깝다/멀다'에 가치가 추가되었다. 시간 지각 능력 역시 생존의 필수 요소였다. 과일이 익는 시기나 가축의 번식 시기를 알아내는 일은 매우 중요했으며, 이 때문에 '이전/이후'에 변이와 순환의 요소가 추가되었다. 삶이 하나의 시기라면 그 이전이나 이후에는 어땠을까? 매년 곡식이 익는 시기가 일러주듯 인간의 삶이란 어떤 박동이 아닐까?

시간과 공간이 인간이 생각을 펼치는 격자 눈금이 되었

다는 얘기다. 그것은 지각의 기초를 구성했고, 내면으로 들어와 지성의 기초 형식 곧 내감(內感)을 이루었으며, 나아가 자기의식 곧 통각apperception이 자리하는 기준점이 되었다. 인간은 추상화, 균질화, 계량화된 유클리드적 공간과, 그 공간과의 유비를 통해 균일하게 잘라낸(공간화한) 시간을 척도로 삼아서 진화해왔다. 뉴턴은 "시간 자체의 본질에서 나온 절대적이고 진정한 수학적 시간 그 자체는 외적인 무엇과 관계없이 일정하게 흐른다"고, 또 "외적인 것과 관계없이 그 자체의 본질상 절대적인 공간은 항상 유사한 정적인 상태를 유지한다"고 말했다.[1] 이 시공간이라는 내감을 통해 성립한 지각perception을 통일된 것으로 만들어주는 무(無)의 덧붙임(ap−), 이것이 자기의식이다. 시간과 공간의 무한한 펼쳐짐을 측정하게 해주는 기준점(과거나 미래가 아닌 지금, 저곳이나 그곳이 아닌 이곳), 통일성을 부여해주는 이 무의 부가물이야말로 자기의식의 정체인 셈이다.

고전물리학은 이 점에서 자아심리학의 형제다. 고전물리학은 시간과 공간을 불변자로 삼아서 만유인력의 법칙("모든 물체는 질량의 곱에 비례하고 거리에 반비례하는 힘으로 서로를 끌어당긴다")을 수립했는데, 이때의 중력이란 모든 물질에 부여되어 있는 것으로 가정된 힘 그 자체다.

---

1) 스티븐 호킹, 『거인들의 어깨 위에 서서』, 김동광 옮김, 까치, 2006, pp. 229~30.

이 힘의 근원은 불문에 부쳐졌는데, 이것은 자아가 무(無)를 가리기 위해 출현한 가림막이라는 사실을 불문에 부친 자아심리학과 비교될 수 있다. 현대물리학에 오면서 이 불문율이 깨졌다. 상대성이론은 빛의 속도가 불변자이며, 시간과 공간은 거기에 부속된 가변자라고 말한다. 속도란 거리(공간)를 일정한 시간 간격(시간)으로 나눈 값이다. 빛이 불변의 고정된 속도(c)라는 말은 광속을 지키기 위해서 시간과 공간이 가변적이어야 한다는 말이다. 특수상대성이론에 따르면 "임의의 물체의 속도(공간 이동과 시간 이동을 조합한 속도)는 어떠한 상황에서도 항상 광속(빛의 속도)과 같다는 것이다. 〔……〕 아인슈타인이 주장하는 바는 두 종류의 운동(시간 운동과 공간 운동)이 서로 상보적인 관계에 있다는 것이다."[2] 광속은 우리 우주의 궁극적인 한계다. 우리는 아무리 가속해도 광속을 넘지 못한다. "왜 그런가? 정지해 있는 물체는 시간을 따라 광속으로 움직이는데, 여기에 공간 이동이 추가되면 시간 쪽으로 향했던 광속 운동이 공간 쪽으로 일부 할당되며, 공간을 이동하는 속도가 광속에 도달하면 시간을 따른 이동은 전혀 일어나지 않게 된다. 즉, 광속으로 움직이는 물체는 나이를 전혀 먹지 않는다는 뜻이다! 〔……〕 빛은 특이하게도 항상 광속으로 달리고 있으므로 나이를 먹지 않는다."[3] 우

2) 브라이언 그린, 『우주의 구조』, 박병철 옮김, 승산, 2005, p. 92.
3) 같은 책, pp. 92~93.

리가 빛의 속도에 가까워지면 공간은 축소되고 시간은 느려진다. 아인슈타인의 유명한 공식($E = mc^2$)은 물질의 질량과 에너지가 서로 변환된다는 것을 보여준다. 우리가 광속(c)을 넘기 위해서 에너지를 투입하면, 그 에너지는 질량으로 넘어가서 우리는 점점 무거워지며 따라서 광속을 따라잡을 수 없게 된다. 불변자는 시공간이 아니라 광속이라는 것, 이것이 현대물리학의 가르침이다.

이수명의 시를 말하기 위해서 약간의 우회로를 거쳐 왔다. 이것은 재래의 시에 대한 고정관념이 자아심리학의 영향 아래서 구축된 것이며, 여기에는 시간과 공간에 대한 통념이 강하게 작용하고 있다는 판단에 따른 것이다. 시에서의 화자란 특정한 시간과 공간 좌표 위에 얹힌 자아이며, 이런 불변의 시공간적 상황이 자아를 불변의 실체로 만든다. 자아를 불변자로 간주한다는 것은 화자＝자아＝자연인으로서의 시인이라는 등식을 고수한다는 뜻이다. 시에서의 발화를 시인의 것으로 간주할 때에 생기는 부작용은 적은 것이 아니다. 시의 전언이 특정한 자아에 얽매여 왜곡되고, 시의 미학적 효과가 시인의 의도와 부딪혀 상쇄되며, 시의 근원에 대한 질문이 신비주의(이 신비주의란 무지에 대한 인정에 지나지 않는다)에 사로잡혀 봉쇄되고, 시 자체의 특수성이 개인과 사회의 증례 보고서 속에서 증발해버린다.

이 완강한 공모 관계를 깨야 한다. 자아라는 가림막을 벗어버리면 거기엔 주체라 불리는 깊은 틈이 있다.[4] 이 틈은 목소리 기호들을 대리하는 대문자 기호로서, 어떤 자연인도 대표하지 않는 대신에 시에서 출현한 모든 목소리를 대표한다. 주체는 목소리들이 흘러드는 가변자, 다시 말해서 모든 목소리로 발화하는 변신의 귀재다. 변치 않는 것, 불변하는 것은 시인이 아니라 시 자체의 역량이다. 나는 저 유명한 공식($E = mc^2$)에서의 광속(c)을 소리 나는 대로 "시(詩)"라고 읽고 싶은데, 이것은 단순한 말장난이 아니다(뒤에서도 말할 테지만 이수명의 많은 시들이 실제로 이런 이상한 등가교환을 통해서 태어난다). 질량은 광속의 제곱을 곱한 엄청난 크기의 에너지로 전환된다. 광속이 299,792.458km/s이므로 이것의 제곱을 곱한 힘이 질량이 에너지로 변환되는 크기다. 종이 한 장에 쓰인 시가 그 한 줌의 질량으로 어마어마한 에너지를 발휘하는 것도 이에 비견될 수 있을 것이다. 시에는 시 자체의 역량이 있으며, 이것이 불변자 곧 변치 않는 자질이 되어야 한다.

이수명은 오랫동안 이 역량을 믿어왔고 탐색해왔다. 이수명의 시가 소개하는 이상한 시공간은 바로 이 불변하는 시의 역량에서 도출된 자연스러운 귀결이다. 이수명의 시에서 우리의 상식이 통용되는 시공간, 곧 무한하고 균질적

---

4) 화자와 주체의 차이에 관해서는 졸저, 『시론』(문학동네, 2010) 1장 참조.

이며 계량화되어 있는 시공간은 자주 왜곡된다. 이건 상식에 맞지 않아. 성급한 독자의 투덜댐이 놓치고 있는 것은 그 상식 자체가 시의 우주에 맞지 않을 가능성이다. 광속(c)을 시라고 믿는 우리의 가정(사실은 상대성이론도 이런 가정을 통해서 정립되었다)을 밀고 나가면 다음과 같은 명제들이 얻어진다.

1. 시는 멈추지 않는다

광속이 불변자라는 것은 빛이 처음부터 속도로서 출현한다는 것을 의미한다. 빛은 정지태가 아니다. "우리가 인식하는 빛이란, 서로를 밀어주면서 앞으로 나아가는 전기와 자기의 상호작용을 통해서만 생성된다. 그렇기 때문에 빛은 정지 상태에서는 존재할 수 없으며, 그래서 결코 우리는 그것을 따라잡지 못한다."[5] 빛은 전기와 자기의 상호작용 속에서 나타나는 현상이다. 빛의 파동에서 전기적인 부분이 자기 부분을 누르면 자기 부분은 전기를 생성해서 순환을 지속시킨다. 둘은 계속해서 서로를 추동하는 스위치인 셈이다. 이 둘이 서로를 밀면서 나아가기 때문에 우리는 결코 빛이 정지해 있는 모습을 볼 수 없다. 시는 광

---

5) 데이비드 보더니스, 『E=mc²』, 김민희 옮김, 생각의나무, 2001, p. 78.

속과도 같다. 시 역시 멈추지 않는다.

이 털실은 부드럽다. 이 폭설은 따뜻하다. 이 털실은 누가
던졌기에 아무도 사용하지 않습니다. 이 털실로 뭐 할까 물
고기는 물고기를 멈추지 않고 돌아다닙니다. 끌고 가고 끌
려가고 이 털실은 돌아다닙니다. 앞으로 갔다가 뒤로 갑니
다. 이 선반 위에는 아무것도 올려놓지 않습니다. 이 폭설은
소원을 이룬다. 폭설 속에는 아무것도 없다. 털실 안에는 아
무것도 들어 있지 않다. 털실은 앞으로 갔다가 뒤로 갑니다.
아무 형체도 짓지 않습니다. 이 털실은 집어 올릴 수 없습니
다. 이 볕은 풀린다. 이 털실은 풀린다. 끝없이 풀리기만 한
다. 이 털실은 화해하지 않는다. 그 속으로 들어가지는 않고
털실 뭉치를 달고 다닌다.
───「털실 따라 하기」 전문

이 시의 은유적인 맥락을 이해하는 일은 어렵지 않다.
털실 뭉치가 있고 폭설에서 만들어낸 눈 뭉치가 있으며 이
사이를 왕복하는 운동이 있다. "이 털실은 누가 던졌기에
아무도 사용하지 않습니다." 눈 뭉치였기 때문이다. "선반
위에는 아무것도 올려놓지 않습니다." 눈 뭉치를 선반에
올려 보관하는 사람은 없기 때문이다. "털실은 앞으로 갔
다가 뒤로 갑니다." 눈덩이가 커지고 있기 때문이다. "아
무 형체도 짓지 않습니다." 뜨개질을 위한 실이 아니기 때

문이다. "이 볕은 풀린다. 이 털실은 풀린다." 눈이 녹고 있기 때문이다. 운운. 이렇게 본다면 시는 눈덩이에서 털실로 이행하는 단일한 과정으로 보인다.

그런데 통상의 은유와 달리 이 시의 해석학적 과정은 중단되어서는 안 된다. 은유는 보조관념에서 원관념에 이르는 일방통행로다. 원관념에 이르고 나면 해석은 완결되고 운동은 멈춘다. 그러나 이 시에서 질문은 완결되지 않는다. 털실이 먼저인가? 이 시는 털실의 질감을 눈덩이로 표현한 것인가? 아니면 폭설(=눈덩이)이 먼저인가? 이 시는 눈덩이의 모습에서 털실을 떠올린 것인가? 어느 것이 맞다고 말할 수 없다. 이 시는 결정 불가능하며, 따라서 둘 사이의 순환은 멈추지 않는다. 아니, 폭설을 눈덩이라고 본 최초의 제유적 해석은 맞는 해석이기는 한 것인가? 시는 여기에 관해서도 아무것도 결정하지 않는다.

늘 근원을 찾는 우리의 사고는 광속에 대해서도 결정된 것을 찾고 싶어 한다. 전기장과 자기장의 이중적인 꼬임에서, 전기가 먼저인가, 자기가 먼저인가? 요컨대 우리는 해석적 순환이 멈추는 종착지를 찾는 데 익숙하다. 그러나 빛은 저 순환의 운동 그 자체일 뿐, 어느 하나의 요소가 아니다. 이수명의 시가 수많은 삽입과 절합(節合)을 허용하는 것도 이 운동 때문이다.

한 사나이가 들판을 달리고 들판을 달리는 사나이가 들판

이 꺼진다. 사나이에게로 꺼진 들판이 없는 사나이가 달린
다. 시멘트 야채 종이 같은 것들이 고온다습해서 그는 무턱
대고 배추를 뽑는다. 배추를 들고 걸어가는 사나이가 들판
이 뚫려 있다.

—「시멘트 야채 종이 같은 것들」 부분

보라. 문장은 운동하면서 접히고 단층을 이루며 구겨진
채로 빠져나온다. 이 무수한 운동에서 변하지 않는 것은 운
동 그 자체다. 한 사나이가 들판에서 배추를 뽑았다. 그것
의 질감은 "시멘트 야채 종이" 같다. 그랬더니 들판이 뚫렸
고 꺼져서 없는 들판이 되었다. 우리는 저 문장들의 심층을
이해할 수 있지만, 이 심층은 결코 표면으로 떠올라오지 않
는다. 은유는 본래 표면 효과다. 그것은 이면의 변형, 생
성, 분사의 결과로 출현한다. 그것은 운동성을 보존하고
있다. 우리에게 주어진 것은 바로 이 운동성, 생생지변, 천
변만화다. "사나이에게로 꺼진 들판이 없는 사나이가 달린
다"라는 문장을 보자. 이 문장은 다음과 같은 문장들을 품
었다. ① 들판은 사나이를 향해서 꺼졌다. 들판이 꺼진 원
인을 제공한 이가 사내라는 얘기다. ② 사나이에게 들판은
없다. 그가 들판의 소산을 뽑아버렸기에 들판은 사라져버
렸다. 그래서 ③ 그는 들판이 없는 사나이다. 그는 ②의 결
과로 달릴 수 있는 환경을 잃었다. ④ 사나이는 없다. 들판
을 달리는 사나이에게 들판이 없으니, 그곳을 달리는 사나

이도 있을 수 없을 것이다. ⑤ 최종적으로 들판도 사나이도 없어졌다. 남은 것은 저 달리기뿐이다. 우리는 겨우 하나의 문장이 어떻게 운동하는가를 살펴보았을 뿐인데, 이 안에도 수많은 운동이 들었다. 이수명의 시가 제공하는 것이 바로 이런 시의 운동성이다. 시는 멈추지 않는다.

2. 시는 사물이자 계기다

이런 운동이 만상을 낳는다. 운동은 만상의 어머니인데, 이 어머니는 또한 자식이기도 하다. 낳은 자가 태어난 자로, 곧 '낳다'가 '되다'로 전환되는 지점이 여기다. 따라서 운동은 그 자신이 사물이며 사물을 낳는 것이라는 이중적인 지위를 갖게 된다. 이것은 광속이 가진 특이성이기도 하다. "양자역학에 의하면 전자뿐만 아니라 모든 물체들이 파동─입자의 이중성을 공통으로 갖고 있다. 양성자와 중성자도 파동성을 갖고 있으며, 19세기 초반에 실행된 실험에 의하면 파동으로 간주해왔던 빛도 입자적인 성질을 갖고 있다."[6] 빛 역시 입자이면서 파동이다. 파동─입자의 이중성wave-particle duality 또한 상식에 위배된다. 어떻게 한 가지 물질이 입자이면서 파동일 수 있는가? 전

6) 브라이언 그린, 같은 책, pp. 150~51.

자가 실체라면 후자는 에너지의 흐름이라고 상식은 가르친다. 상식에 따르면 그것은 통합될 수 없다. 그러나 이것은 이론의 여지가 없는 사실이다. 우리의 우주는 광속이라는 불변자를 기준으로 에너지와 질량을 호환하고 있다. 시 역시 그 자신이 사물이면서 사물을 낳는 계기다. 시는 산출자이자 전환자다.

　　잠에서 천천히 깨어났다. 울면서 깨어났다. 잠의 안에서 밖으로 영문 모르는 눈물이 흘렀다. 어깨가 흩어져 있다. 누가 울고 있었던 걸까 누가 잠시 숨어 있었나 내가 소녀일 때도 있고 아침이 뚫려 있을 때도 있다. 아침이 나타날 때 아침을 다오. 잘 알려진 의상들이 변함없이 성립되었고 계속해서 너의 의상이 되고 싶어. 미래는 최초에 지나갔기에 우리는 미래를 계속해서 사용했다. 비치볼을 던지며 소녀들은 되풀이되고 누가 잠시 숨어 있었나 누가 울고 있었던 걸까 텅 비어 있는 너의 비치볼이 되고 싶어. 오늘은 잠을 잃었다. 나는 어디에나 잘 들어맞았다.

—「누가 잠시」 전문

슬픈 꿈이 있었던 모양이다. 울면서 잠에서 깨었더니, "잠의 안에서 밖으로 영문 모르는 눈물"이 따라왔다. 꿈속에서 "누가 울고 있었던 걸까". 꿈속의 나는 나였을까, 아니었을까? 내가 "소녀" 곧 어린 시절의 내가 되기도 하고,

"아침이 뚫려"서 그 꿈이 현실과 이어져 있기도 할 테지만, 깨고 나면 입던 옷이 그대로 있듯("잘 알려진 의상들이 변함없이 성립되었고") 완강한 현실은 변함이 없었다. 그리고 네가 있었다. 나는 네게 잘 맞는 옷이 되고 싶었다("너의 의상이 되고 싶어"). 꿈이란 소망이기도 해서, "미래는 최초에 지나갔"고 "우리는 미래를 계속해서 사용했다". 꿈을 꾸면 소망(미래에 대한 기대)이 그 꿈에 포함된다. 따라서 소망(미래)은 그 꿈속에서 이미 소모(사용)된다. 비치볼을 던지던 소녀가 주인공으로 등장하는 그 꿈에. 그렇게 "나는 너의 비치볼이 되고 싶"었다. 그 지나가버린 시절에 대한 주인 없는 회한과 함께.

"우리는 미래를 계속해서 사용했다"는 말에 유의하자. 저 미래는 사물이 아니며, 따라서 사용할 수 있는 대상이 아니다. 그러나 시의 운동은 사물들 사이에서 관계를 표시하거나 사물들을 생산, 유통, 소비하는 계기들을 또 하나의 사물로 바꾸어낸다. 이제 만상과 계기는 호환된다. 이것은 무엇을 뜻하는가? 시의 운동 속에서는 사물, 사람과 시공간, 감정, 동작이 자유롭게 호환된다는 거다. 그것들은 어디서나 분리되고 어디서나 결합한다.

이유가 무엇입니까, 구겨진 신발 속으로 들어가다 말고
원인들은 무사히 지냅니까,
———「이유가 무엇입니까」 부분

바깥에 섰을 때 바깥은 단칼에 베어진다.

바깥을 모두 잃었다.

—「시소의 시선」 부분

누워 있는 사람은 감정에서 떨어져

감정이 되려는 사람

감정과 교대하는 사람

육체보다 길어진 사람

—「누워 있는 사람」 부분

나에게 체조가 있다. 나를 외우는 체조가 있다. 나는 체조
와 와야만 한다.

—「체조하는 사람」 부분

이유나 원인이 "무엇what"이라 불리는 가시적인 대상으
로 전환되는 순간, "바깥"이 위상학적 맥락에서 잘려 나와
그 자체로 외면의 대상이 되는 순간, 어떤 슬픔에 사로잡
혀 누워 있는 사람에게서 "감정"이 분리되어 나온 순간, 몸
의 동작이 몸과 분리되어 "체조"라는 이름으로 대상화되는
순간, 그것들은 모두 계기(사물들 사이의 형식적 전환자)에
서 사물(사물 그 자체이거나 사물의 산출자)로 전환된다.
시간과 공간, 감정과 동작이 모두 시라는 불변자 앞에서

전환 가능한 가변자들인 셈이다. 입자와 파동을 자유롭게 오가는 빛의 역량처럼, 시 역시 계기와 사물을 자유롭게 오가면서 시간과 공간, 감정과 동작 모두를 시적 역량의 표현으로 만든다.

3. 시는 기호의 역량이다

현대물리학의 표준 모형은 우리의 우주가 17종류의 입자로 구성되어 있다고 말한다.[7] 이것들은 우리의 우주를 구성하는 알파벳에 비유될 수 있다. 이 기호들 중에서 페르미온이 모여 원자를, 원자들이 모여 분자를, 분자들이 모여 만상을 구성하며, 기호들 중에서 보손이 작용하여 그 만상들의 상호작용을 구성한다. 시를 구성하는 언어기호 역시 같은 방식으로 작동한다. 알파벳은 표면의 기호다.

---

7) 이 입자들은 물질을 구성하는 입자(페르미온)와 힘을 매개하는 입자(보손)로 나뉜다. 물질을 구성하는 입자는 강력(원자핵 속에서 양성자와 중성자를 묶는 힘)을 느끼는 쿼크 여섯 종류와 강력을 느끼지 않는 경입자 여섯 종류(전자, 전자와 같은 성질을 갖고 있지만 질량이 훨씬 큰 뮤온과 타우, 다른 물질과 상호작용을 하지 않는 뉴트리노(중성미자)와 그와 같은 성질을 갖고 있지만 역시 질량이 큰 뮤온뉴트리노, 타우뉴트리노)로 구성되어 있다. 힘을 매개하는 입자란 우주에 존재하는 네 가지 힘(강력, 전자기력, 약력, 중력)을 전달하는 네 가지 입자(글루온, 광자, 위크 게이지 보손, 중력자)와 입자들에게 질량을 부여하는 힉스 입자를 말한다(중력자는 아직 발견되지 않았다). 시의 운동이 사물과 계기로 분화, 상호작용, 통합되는 것과 비교할 만하다.

거기에는 어떤 의미도 담겨 있지 않다. 알파벳에 의미가 실리는 것은 그것이 운동의 한 계기가 되거나(파동처럼), 그것들이 모여 실체로 전환되었을 때다(입자처럼). 따라서 의미란 표면에서만 드러난다. 그것은 심층적인 운동의 결과로 출현하지만 그것을 판별할 수 있게 하는 것은 언제나 표면의 문맥이다.

물을 잠시 들여다보았는데 나는 물에 빠졌어요

손가락 끝으로 식물의 즙을 어루만져보던 생각이 났어요
물속에 잠겨

오래된 손을 물 밖으로 내밀었어요 수초를 내밀었어요

이윽고 물 위에 반듯하게 떠 있을래요
오늘은 내가 가장 반듯해요

물에 누워

입김을 불어
연못을 던져볼래요

오늘은 내가 가장

일어서지 않아요

　　　　　　　　　　　—「오늘은 내가 가장」 전문

　물 구경을 갔다가 물에 빠졌다. 물속에서 "수초"와 구별되지 않는 "오래된 손"을 내밀었다고 했으니 나는 이미 익사체다. "물 위에 반듯하게 떠"서는, 죽은 채로 내가 말한다. "오늘은 내가 가장 반듯해요." 첫번째 표면(4연)에 드러난 "가장"은 유머를 내장한 부사다. 그런데 두번째 표면(7연)에 드러난 "가장"은 유머와는 무관한 명사, 가장(家長)이다. 가장은 집안의 생계를 떠맡은 사람, 나는 물에 누워 그 일을 해내지 못했다. 여기에는 (아마도 생활고로 인해) 물에 제 몸을 던져야 했던 한 집안의 비극이 얽혀 있다. 그의 와신(臥身)은 실족으로 인한 것이 아니며, 그는 이 비극에서 몸을 빼어 일어설 수 없다.

　이것은 단순한 중의법이 아니다. 중의법이었다면, "가장"은 각각의 문맥에 서로 다르게 배당된 것으로 제 뜻을 다했어야 한다. 그런데 저 기호는 상대방에게도 영향을 끼쳐 시의 문맥을 미묘하게 뒤섞는다. 첫번째 표면을 '오늘은 내가 가장(家長)이어서 나는 반듯하다'로 읽지 못할 이유가 없으며, 두번째 표면을 '오늘은 내가 제일 일어설 수 없는 자다'로 이해하지 못할 이유도 없다. 두 개의 "가장"이 출현해서 두 개의 표면을 형성한 것이 아니라 네 개의 표면을 형성했다. 이것이 기호의 역량인데 우리는 이를

'반듯하다'에서도, '내밀다'에서도 짐작할 수 있다. 시집의
도처에서 이처럼 증식하는 기호들이 목격된다.

① 어떻게 낭떠러지를 만드는 거니?
낭떠러지는 한 번에 만들어지고 한 번에 다다를 수 있어
너를 낭떠러지라 부를게

너는 나무를 유지하고 너는 하늘을 어루만지고 있구나 하
늘을 고정시키는 법을 알고 싶었다.
                              ——「나무에 올라갔는데」 부분

② 블라인드 사이로 불현듯 한 다발의 신이 시든다. 시들
면서 터져 나올 것 같다.
                              ——「나는 연결된다」 부분

③ 소수점을 어디에 찍어야 하나
사람들에게 소수점이 보이지 않는다.

행방을 흔들어본다.

소수의 사람들은
발뒤꿈치를 들고
                              ——「소수의 사람들」 부분

④ 우리는 사회생활이다. 마당에는 분수가 춤을 춘다. 우리는 서로 팔을 끌며 분수로 이끈다. 분수를 붙잡고 분수를 마신다. 이를테면 우리는 공깃돌을 활성화한다.

——「사회 시간」 부분

① 내가 나무에 올라갔더니 나무가 휘어지면서(= 낭떠러지가 되어) 나를 떨어뜨리려고 했다. 그 나무의 이름이 "너"였다. 네가 내게 높이를, 너와 함께할 수 있는 기회를 허락하지 않았다는 뜻이다. 여기에는 "너"/"나무"라는 기호의 뒤섞임이 야기한 "너무"라는 어감이 숨어 있다. 너는 내게 '너무'했다. ② 시든 "한 다발의 신"은 꽃(히아신스)일 수도 있고, 신발일 수도 있으며, 심지어 신(神)일 수도 있다. 이 한 줄이 정물화의 대상이 되기도 하고 외출도 할 수 없는 어느 하루의 권태를 요약하기도 하고 구원이 사라진 늙은 신앙의 시대를 압축하기도 하는 것이다. ③ 이 소수는 일단 소수(少數)겠지만("소수의 사람들"), 이 사람들이 "손에 들고 있던 점" 때문에 소수점을 품은 그 소수(小數)가 되기도 한다. 이 사람들은 다수가 아니라는 점에서 소수(素數, 1과 자기 자신으로만 나뉘는 수)의 사람들, 곧 타인들에 휩쓸려 자기 정체성을 잃지 않은 사람들일 수도 있다. ④ 마당에서 춤을 추는 "분수"는 '분수(噴水)'지만, "사회 시간"에 우리가 배우는 분수는 '분수

(分數)'다. 자신의 계급, 신분, 처지에 맞는 한도를 지켜야 한다는 의미의 분수 말이다. 그렇게 우리는 힘을 모을 테지만 그 전의 우리 각자는 악수하기 이전, 손을 나눈 '분수(分手)'였을 테고.

시는 이렇듯 기호의 역량을 최대한으로 발휘한다. 개별적인 알파벳들이 만상과 그것들의 상호작용을 이루듯, 네 개의 염기 알파벳이 생물의 몸과 발달 단계를 이루듯, 시역시 그 언어를 구성하는 알파벳들을 표면으로 밀어 올려 같은 일을 해낸다. 일반적인 의사소통 모델로는 이 기호의 역량을 짐작할 수 없다. 의사소통 모델에서의 기호란 의도(내용)를 실어 나르는 표지에 불과하기 때문이다. 그것은 다른 모든 가능성들을 죽이고 단 하나의 의미만을 앙상하게 남겨놓은 죽은 기호에 지나지 않는다. 이런 기호는 명료성을 얻은 대신 자신의 역량을 최소한으로 줄여놓는다. 시에서의 기호는 이와 정반대다. 이 기호의 소음도는 최대한으로 조율되어 있으며(시에서는 사방에서 목소리가 들려온다), 이로써 하나의 기호가 실천할 수 있는 모든 역량을 발휘하고 있다.

4. 시는 시를 초과한다

시는 언제나 시를 초과한다. 이유는 세 가지다. 첫째,

시는 제 자신이 기호화하지 않은 것을 제 안에 포함하고 있다. 이것을 '무능의 역량'이라고 부르자. 둘째, 시는 그 시를 읽는 관점을 제 안에 포함하고 있다. 이것을 '편광의 역량'이라고 부르자. 셋째, 시는 늘 부분들의 합 이상의 무엇을 제 안에 포함하고 있다. 이것을 '잉여의 역량'이라고 부르자. 이 세 가지를 시가 가진 초과의 원리라고 불러도 좋을 것이다.

1) **무능의 역량**: 시의 기호는 최대의 역량을 발휘하지만 그 역량이 무한한 것은 아니다. 광속이 모든 속도의 한계이듯, 시 역시 자신의 한계선 내부에 머문다. 그런데 이 무능의 지점이야말로 시가 제 자신의 한계 너머를 지시하는 최대치이기도 하다. 바디우는 현시할 수 없는 무, 비정합성의 무가 존재한다고 말하면서, 이 무를 '공백'이라고 부른다. "공백은 모든 집합의 부분집합이다. 그것은 모든 것에 포함된다."[8] 모든 집합은 공백, 곧 공집합($\emptyset$)을 부분집합으로 포함한다. 이것은 공집합이 "부정('그것에 속하지 않는다'가 본질적 속성인, 즉 모든 다수의 속성인 집합이 존재한다)이 존재한다"[9]는 형식으로 집합 내부에 포함된다는 것을 의미한다. 예컨대 '여자'의 집합은 '남자 아님'($\emptyset$)을 부분집합으로 포함한다. 그런데 이 한계 지점이

---

8) 알랭 바디우, 『존재와 사건』, 조형준 옮김, 새물결, 2013, p. 153.
9) 같은 책, p. 154.

야말로 '여자'라는 집합의 특이성을 결정짓는 지점, 곧 무능의 역량을 가장 잘 보여주는 지점이다.

4차선 도로는 전염병처럼 번진다. 눈앞에서 번진다. 햇살을 받아 내내 번들거린다. 4차선 도로에는 짧은 바지를 입은 사람들이 있고 팻말을 세우는 사람 팻말과 얼어붙은 사람 다리 사이로 타르가 흘러내린다. 4차선 도로는 뻗어 나가고 먼저 가 했던 것 같고 가지 마 했던 것 같고

도로가 완전히 퍼져 나가면 도로를 막고 서 있으렴

4차선 도로에는 지붕 달린 차들이 달리고 간혹 지붕이 떨어져 내리고 지붕을 주우러 들어갔다가 지붕을 버리라 4차선 도로는 무슨 도가니에 빠져 있다. 동서로 미친 듯이 가보려 한다. 동서인 채로 가만있으려 한다. 흥분하여 굳어 있다. 4차선 도로에는 휘발유 냄새가 가득하다. 이대로 통째로 증발해버리렴

실려 있는 것들을 지상의 모든 운반을
내려놓으려 하고
—「4차선 도로」 전문

4차선 도로가 햇빛을 받아 번들거린다. 신기루 현상 같

은 거다. 없는 물기를 만들어내는, 그것은 전염병과도 같다. 4차선 도로를 따라 어떤 사람들은 도착하고 어떤 사람들은 떠나갔을 것이다. 햇살에 흘러내리는 타르가 눈물로 전환되는 순간, 4차선 도로가 우리에게 말을 건다. "먼저가" 혹은 "가지 마". 이것은 시의 운동이 만들어낸 아름다운 사연이다. 어떤 사연이 사람들을 길에 팻말처럼 세워두고 이별의 장면을 연출하게 했다고 볼 수도 있으나, 반대로 표면의 어떤 번짐, 교체, 재작동이 저 사연들을 주조했다고 볼 수도 있다. 어느 쪽이 먼저든 이것은 4차선 도로가 발휘하는 역량이다.

그렇다고 해서 4차선 도로가 어딘가로 갈 리는 없다. 4차선 도로는 원래의 저 자리에, 있는 그대로 멈춰 있다. 사연을 품고 들끓는다고 해도 잠시 후 그것은 도가니탕 속의 국물처럼 굳어버릴 것이다. 4차선 도로는 "도가니에 빠져 있다"가 "흥분하여 굳어 있다"가 "통째로 증발해버"릴 것이다. 4차선 도로는 끝내 "지상의 모든 운반을/내려놓"고 사라진다. 이것은 4차선 도로로서도 어찌할 수 없는 한계 지점이다. 들끓는 이미지가 사연을 데려왔으나 이미지도 사연도 가뭇없이 사라져버렸다. 그런데 이 무능의 자리를 통해서 어떤 사연(떠나가고, 떠나 보내고, 눈물이 흐르고, 그것을 "팻말"처럼 영원히 기억하고, 그 자리에 "얼어붙은" 사람과 그 자리를 떠난 사람이 있고……)이 들고 난다. 시는 자신이 가닿을 수 없는 곳을 그 가닿지 못함을 통해서 지시한다. 이것이 무능의 역량이다.

2) 편광의 역량: 시는 그 시를 읽는 시선 자체를 제 안에 포함한다. 시가 품은 여러 목소리는 저 시선에 대한 반향이기도 하다. 시선은 방향과 운동을 품고 있다. 시선은 특정한 자리에서, 특정한 크기와 방향을 가지고 온다. 주체란 이 시선들이 모이는 자리, 시선들의 벡터를 받아 안는 자리다. 전자기파에서 장(場)이 광물의 결정을 통과하거나 물, 유리 따위에 반사될 때 일정한 방향으로만 반사되는 특성을 편광(偏光, polarization)이라고 부른다. 시가 받아안는 저 시선의 역량을 편광의 역량이라고 부르면 될 것이다. 프리즘을 통과한 빛이 수많은 색으로 갈라지듯 시는 분산되면서 제 자신을 초과한다.

다시 시소가 움직이는 것이 보인다. 다시 시소가 난데없이 놓여 있다.
다시 여기가 저기에 닿는다.
머리 위로 숨을 쉬어봐 목숨을 잃고 걸어봐
어떤 낮잠은 숨기고
어떤 낮잠은 가만히 만지작거려본다.
우리는 잠으로 하얗게 이어져 우리를 그만두는 사람들
우리에게서 멀리 떨어져 숨 쉰다.
빛과 소리를 알지 못하게 될 때까지 시소와 헤어질 것이

다. 내가 알지 못하는 것이

다가온다. 다가오지 못하는 것이 온다.

바깥에 섰을 때 바깥은 단칼에 베어진다.

바깥을 모두 잃었다.

다시 여기로 떨어져 내리는 중이다. 다시 여기저기

메마른 입이 있다.

지나가는 숨을 쉬어봐 숨 쉴 필요가 없는 곳이기에

우리의 시소가 놓여 있기에

우리는 난데없이 놓여 있다.

아주 천천히 움직이는 시소여서 나는 사이좋게 깨어진다.

사방으로 피부가 도착할 것이다.

사방으로 피부가 확고해질 것이다.

숨을 쉬어봐 숨을 잃고 양쪽으로 동시에 기울어봐

분별을 모두 잃었다. 다시 시소는

시선이 없다.

——「시소의 시선」 전문

시소는 위아래로 움직이는 놀이기구다. 움직이지 않으면 시소는 고철 덩어리에 지나지 않는다. 그게 첫 행의 의미다. 다시 움직이자 시소는 다시 존재하게 되었다. 위아래 위치를 서로 바꾸기에, 시소는 여기가 저기가 되고 저기가 여기가 되는 장소 변환 장치다. 공간은 늘 시간과 뗄 수 없는 하나라는 사실을 기억하자. 여기와 저기에 시간성이 부여되면, 둘은 현재와 과거, 현재와 미래로 변한다. 시소는 본래 '시(see)'와 '소(saw)'를 결합한 말이다. 시소를 타면, 내 앞에 앉은 그는 보이다가 보였다가(=안 보이다가) 한다. 과거의 그가 내 기억 속에서, 미래의 그가 내 예감 속에서 이곳을 들고 난다. "어떤 낮잠"에서 그는 보이고 다른 낮잠에서 그는 보이지 않는다. 그래서 "우리는 잠으로 이어져 우리를 그만두는 사람들"이다. 꿈속에서 우리는 우리가 아니고, 우리가 "알지 못하는 것이/다가온다". 곧 "다가오지 못하는 것이 온다". 부정의 형식(다가오지 못함)으로 한계의 최대치(다가오지 못함이 다가옴)를 끌어낸다는 점에서 이것은 무능의 역량이지만, 이를 가능하게 한 것은 '시소의 시선'이며 이것이 편광의 역량이다. 시소가 만들어내는 '존재(see) + 부재(saw)'의 놀이가 여기와 저기, 안과 바깥, 위와 아래를 가져왔는데, 바로 이것이 시소의 시선이 만들어낸 것이기 때문이다. 그 시선을 잃으면 시소는 다시 사라질 것이다.

 3) **잉여의 역량:** 부분들의 합은 늘 전체집합보다 크다. 거기에는 전체에 포함되지만($a \subset U$) 전체에 속하지는 않는($a \notin U$), 다시 말해서 전체의 부분집합이지만 전체의 원소로 세어지지는 않는 그 무엇(a)이 있다. "집합의 부분들의 집합은 집합 자체'보다 숫자가 많다'."[10] 구조(일자로 셈해진 체제=상황)와 메타구조(일자로 셈하기=상황의 상

태) 사이에서는 일자로 셈해지지 않는(셈할 수 없는) 어떤 차이가 발생한다. 사물에 질서를 부여하여 정합적으로 만드는 행위(일자로 세기)와 그 행위의 결과로 출현한 시스템(구조) 사이에서는, 전체에는 속해 있으나 세어지지는 않은 무엇이 반드시 있다는 얘기다. 바디우는 이 차이를 '초과'라고 부르는데, 그렇다면 이 초과를 셈의 바깥에서 발생하는 '잉여'라고 해도 좋을 것이다. 이는 빛의 파장 가운데 가시광선만이 시선에 의해 셈해지는 것과도 유사하다. 우리는 가시광선이라 불리는 특정 영역 곧 380~780 나노미터의 파장을 가진 빛만을 지각하고 셈할 수 있다. 이보다 낮은 파장의 빛(자외선, X선, 감마선)도 있으며, 높은 파장의 빛(적외선, 초단파, 극초단파)도 있다. 이것들은 모두 빛의 부분집합이지만 우리의 시선에 의해 셈해지지는 않는, 다시 말해서 시선 바깥에 존재하는 잉여다. 시에도 이런 잉여가 있다.

> 내 마음이 죽은 잎들을 뒤집어쓰고
> 마치
> 죽은 잎들이 서 있다.
> 마치
> 꿈을 꾸고 있는 것 같구나 꿈속에서 처음 보는 접시를 닦

---

10) 알랭 바디우, 같은 책, p. 450.

고 있구나 접시를 아무리 가지런히 놓아도

마치

죽은 잎들이 땅을 덮으리

죽은 잎들이 땅을 온통 덮으리

그러면 실시간

그러면 거리에는

마치

어디서부터 온 건지 알 수 없는 알록달록한 숄들이 늘어서고

숄을 걸친 어깨들이

마치

다른 요일로 건너가고 있구나

다른 입김을 내뿜으며 돌아다니고 있구나

마치

흘러넘치듯이

끝없이 부풀어 오르듯이

그러면 나는 마치 꿈꾸고 난 후처럼

하얀 양들을 보러 가요

양 떼들이 별안간 걸어 나오는 것을 보러 가요

마치

여기를 묻어버려요

여기가 떠내려가요

내 마음이 죽은 잎들을 뒤집어쓰고

죽은 잎들이 땅을 덮으리

죽은 잎들이 땅을 온통 덮으리

마치

꿈꾸고 난 후처럼

──「마치」 전문

　시는 처음에 단일한 자화상을 그린다. "내 마음이 죽은
잎들을 뒤집어쓰고" 있다. 그래서 "마치/죽은 잎들이 서
있"는 것처럼 보인다. 어떤 슬픔이나 절망에 마음이 침식
당했다고 볼 수도 있고, 그냥 계절적 배경을 지시한다고
보아도 좋고, 뒤에 나오는 "알록달록한 숄들"을 걸친 모습
을 묘사했다고 보아도 좋다. 앞에서 얘기한 것처럼 결정
불가능성이 시의 역량이기 때문이다. 이제 죽은 잎들이
(혹은 "숄을 걸친 어깨들이") "다른 요일로", 다른 계절로,
나아가 다른 마음으로 "건너"갈 것이다. 이 이행은 "꿈꾸
고 난 후"와 같고, 그 꿈을 초대하기 위해서 세고 또 세었
던 "하얀 양들"의 수와 같고, 그 수만큼 나를 찾아왔던 불
면의 밤들과도 같다. 꿈처럼 그 시절은 떠나고 "여기"는
묻히겠지. 죽은 잎들이 떨어져 내리면서 "땅을 온통 덮"는
것처럼.

　그런데 이 따스하고 쓸쓸한 시선만으로 다잡지 못하는
잉여의 역량이 있다. 한 행을 차지하는 저 "마치"는 행진
march이기도 하고 3월March이기도 한 것이다. 행진일

때, 저 독립된 여덟 개의 "마치"는 행진하는 병정들처럼
시에 박동을 불어넣는다. 슬픔은 저처럼 한 시절을 이기는
씩씩한 힘이 되기도 하는 것이다. 장례식장의 통곡이 죽음
을 이기는 힘인 것처럼. 3월일 때, "마치"는 죽은 잎들을
털어버리고 새로 돋을 새잎들을 언뜻 보여준다. 슬픔은 저
처럼 희망에 자리를 물려주기도 하는 것이다. 그 통곡이
새로운 삶에의 의욕을 펌프질하는 것처럼. 저 잉여는 최초
의 시선에서는 포획되지 않는 시의 역량 가운데 하나다.

사실 이수명의 시에 해설을 붙이려면 각각의 시에 따로
설명을 더해야 한다. 각 시편들이 각각의 방법론과 거기서
촉발되는 정서와 거기에 아로새겨진 개인사와 사회사를 품
고 있기 때문이다.[11] 이수명에게 고유한 시작법이란 없다.
개별 시편들이 저마다 다른 방법을 실천하고 있어서 시작
법이란 용어로 일반화되지 않기 때문이다. 따라서 이수명
시인에게는 대표작도 없다. 서로 다른 시편들을 판별하는
일관된 기준이 있을 수 없기 때문이다. 그러니 이 시집에
온전한 해설을 붙이려면 본문보다 더 긴 비평문을 덧붙일
수밖에 없다. 그런데 이런 설명은 덧붙이는 즉시 삭제해야
한다. 각각의 시들이 해설이 담당할 말들을 설명이 아닌
방식으로 되살려놓았기 때문이다. 숨은 것은, 아니 숨겨진

---

11) 특히 이 시집의 3부는 당대의 우리 삶에 대한 풍속화를 여러 장 담고
   있다.

것은 없다. 그것들은 전부 숨은 채로 드러나 있다. 이것은 복음서의 방식이기도 하다. 모든 것은 드러났으되 "들을 귀 있는 자"에게만 들리며 볼 수 있는 자에게만 보인다. 그러니 해설의 형식으로 덧붙인 이 췌언이 감당할 수 있는 영역은 지극히 좁다. 그럼에도 불구하고 이런 고백은 가능하겠다. 관측자가 어떤 속도로 달려가도 빛은 원래의 제 속도로 관측자의 눈에서 달아난다. 광속이 불변자이기 때문이다. 마찬가지로 우리가 어떤 방식으로 이해해도 시는 그보다 더한 역량을 발휘한다. 시 자체의 역량이 불변하기 때문이다. 시는 멈추지 않는다. ▨